Gold kiwi ♡♡

죽어도 좋아♡♡
구매해 주셔서 감사합니다! ♡♡

죽어도 좋아 1권

생각정거장

생각정거장은 매경출판의 새로운 브랜드입니다. 세상의 수많은 생각들이 교차하는 공간이자 저자와 독자가 만나 지식의 여행을 시작하는 곳입니다. 그 여정의 충실한 길잡이가 되어드리겠습니다.

죽어도 좋아 1권

초판 2쇄 2018년 11월 20일

지은이 골드키위새
펴낸이 전호림
책임편집 이영인
마케팅 박종욱 김혜원
영업 황기철

펴낸곳 매경출판㈜
등록 2003년 4월 24일(No. 2-3759)
주소 (04557) 서울시 중구 충무로 2(필동1가) 매일경제 별관 2층 매경출판㈜
홈페이지 www.mkbook.co.kr
전화 02)2000-2634(기획편집) 02)2000-2645(마케팅) 02)2000-2606(구입 문의)
팩스 02)2000-2609 **이메일** publish@mk.co.kr
인쇄·제본 ㈜M-print 031)8071-0961
ISBN 979-11-5542-357-8 (04810)
ISBN 979-11-5542-356-1 (SET)

글/그림 **골드키위새**

Contents

과장님.

저는
과장님만
보면

미칠 것
같아요.

정말 저는

과장님이...

죽어도 좋아 ♥
—
1화

이 세상엔
더 나은 미래를 위해
죽어도 좋은
쓰레기 같은 인간들이
분명 있다.

여자는
말이야.

서른이 넘으면
퇴물이야.

나중에 임신하고
싶어도 못한다,
응?

과장님,
많이
취하셨네요.

아, 이주임은
데려갈
남자가 없나?

하긴 저런
눈매 더러운 여자를
누가 좋다고 해.

참으세요.

어른 말 무시하지 말고 잘 들어.

죽이고 싶다!

죽이고 싶어!

성격이 다 얼굴에 드러나는 거야.

이 세상에 기센 여자 좋아하는 남자 아무도 없어.

저, 저, 저, 어른한테 버릇 없이 야리는 것 좀 봐.

제때 시집 가려면 무조건 고분해야지.

백 과장.

생긴 것만 멀쩡하지 그림으로 그린 듯한 악덕상사.

어쩜 이렇게 알뜰하게 못돼 처먹은 새끼가 있을 수 있지?

누가 일을 이 따위로 해오래!!

죽어도 좋아 ♥

미친 거 아냐?!

최 대리님, 울지 마세요.

어쩜 좋아...

성괴?! 진짜 그런 말을 했어요?!

와, 진짜 어이가 없네. 그게 사람한테 할 말이야?!

인터넷에 글 올리거나 신고하면 안 돼요?

아니 왜 실수 가지고만 뭐라 하지, 사람 인신공격을 하냐고!!

소용없어. 꼭 인격모독으로 문제 될 만한 건 본인한테만 들릴 목소리로 말해.

그래!!
나 코 콤플렉스
있어서 성형했어!!
티나는 것도 사실이고!!

진짜 마음만 같아선
살인청부라도 해서
죽여버리고 싶어!!!

근데 그렇다고
이렇게 모욕을 줘야 해?!
내 얼굴이랑 진정성이
도대체 무슨 상관인데?!

다들

백번 이해하는 표정이다.

직급 낮은 여직원 중에 저 새끼한테 당해보지 않은 사람이 없으니까... 나도 그랬고.

처음엔 전혀 몰랐지만.

안녕하세요, 이번에 입사한 신입사원 이루다라고 합니다.

헉, 엄청난 미중년.

이런 사람이 내 상사라니..

← 사둔 주식이 올라 기분이 좋았을 뿐.

아, 잘 부탁해요.

진짜 잘생기셨다. 근데 미혼에 솔로!

아, 진짜?

어, 왜 그럴까? 여자들이 가만 안 놔둘 것 같은데... 혼자 사는 게 편하신가?

결혼이 뭐 꼭 해야하는 것도 아니고... 그리고 오히려 저렇게 잘생기면 접근이 힘들어.

제레미 아이언스 닮은 듯.

그치, 느낌이 좀 비슷...

세상사엔 모두 이유가 있다.

요즘 여자들은 말이야 ~~

다 조선 시대에 태어나 봐야 정신을 차려.

요즘 여권이 얼마나 신장 됐는데 고마운 줄 모르고 아직도 차별이네, 뭐네...

네네... 많이 취하셨어요.

자기 도리도 다 못하면서 이득만 취하고 엄살 부리고... 이건 역차별이지!

제가 모실게요.

이거 놔! 강 대리, 너도 페미니스트야?

흐엉, 강 대리님 감사합니다.

숭고한 희생 ...

네네, 다들 좀 더 마시다가 가요.

진짜 진국은 강 대리님 같은 남자지.

매너도 좋고 우리 부서였으면 좋겠다.

전 노량진 살아요.

어, 제 친구 노량진 살아서 자주 거기서 밥 먹는데... 밥집 엄청 많더라구요.

아, 그죠~. 고시원이 몰려 있어서 그래요.

친구라면 혹시 남자친구?

아, 아뇨. 그냥 여자친구요.

남자친구 없어요?

네, 저 솔로에요. 그래서 아까 과장님이 한참 뭐라고 하셨는데 못 들으셨구나.

아, 아뇨. 전 백 과장님이 모르고 그러신 줄 알았어요.

의외네요. 전 당연히 있을 줄 알았는데.

아, 진짜!!!
죽여버릴 수도 없고
아주 그냥...

띠리리리

네, 최 대리님.
회식 거의 끝났어요.
강 대리님이랑 같이
과장님 택시 잡으려고
나왔는데

과장님이
많이 취하셔서
막무가내로
가시...

빠아아아아아앙!!!!!!!!

텅!

죽어도 좋아 ♥
-
2화

다행이다~~

정말 개 같았는데 꿈이라서 다행이야아...

주임님, 안색이 안 좋네요. 잠 설쳤어요?

아, 어제 좀 악몽을 꿔서...

잠을 설쳤...

누가 일을 이 따위로 하래!!

정신 나갔지?! 어?!

똑같은
회식!!

내...내가
예지몽을
꾼 건가?!

데스티네이션?!

저 인간의
죽음을 예지한
거야?!

꿈으로?

제가
모실게요.

가지 말까?

이러다가
또 똑같은 상황이
생기면...

아, 아냐. 가자.

안 갔다가
또 사고가 나면
강 대리님이 피해를
입을 수 있어.

혼자서도
충분한데...

아니에요!

전 노량진
살아요.

또 똑같은
대화...

...괜찮으면...

그리고
이 타이밍엔.

우웨에에에에엑!!!!!

괜찮아요?
안 튀었어요?

네~ 다행히
안 묻었어요.

엄청 잽싸네요.
운동신경 되게
좋은가봐요.

다음은 트럭...
저쪽에서 트럭이
온다.

하지만
대리님과 함께라면
막을 수 있어!

에구.
청소하시는 분들
고생하실 텐데
우리가 대충이라도
치우는 게 좋겠어요.

네?

근처 편의점 있으니
물티슈 좀 사 올게요.
닦고 가죠.

안돼!!!
그 날개
접어뒤!!!

우웅... 여기가 어디야...

안돼 애애애~~

집에 갈래~~

네네.

하다못해 트럭 반대 방향으로 밀자.

흔들

흔들

Beer!

죽어도 좋아 ♥

아무튼 여자들이란 피 찔찔 흘리는게 뭐가 대수라고...

소근

다 들려...

니가 피 찔찔 흘리며 뒤지는 꼴 보기 싫어서 그런다.

아프면 집에 가서 푹 쉬어요. 무리하지 말고.

강 대리님...

후우, 생각하지 말자.

아주 길고 나쁜 꿈일 수도 있고

설령 진짜라고 해도 내가 난입해서 생기는 문제일 수도 있잖아?

아무튼 오늘은
아무 스트레스
받지 말고 놀자.

오, 티비에서
'나의 빛나는 세계'
한다!

언제 유림이가
주은이한테 아저씨
말고 오빠라고
불러줄까?

아저씨...

집 - 중

와작

와작

POPCOR

아니...

11번째 4월 14일

12:00 AM

죽어도 좋아 ♥
-
3화

윰찔

얼레? 뭐지, 이 반응?

넌 웬 참견이야! 최 대리는 이만 가 봐!

이 주임, 대박 용감하다.

수근

수근

어디 상사한테 삿대질... 그냥 미친거지...

왜 그랬어...

다른 부서
수군거림은
아무렇지 않다.
시간 돌리면 되니까
그냥 신기한 건...

뭐지...
내가 그렇게
위협적이었나.

꿈인 것치고
묘하게 현실적이었단
말이지.

뒈져라!!!

최 대리!

마셔.

아까 내가 목소리 높였다고 마음에 담아두지 말고.

앞으로 잘해!

일만 아무지게 잘 하면 내가 이렇게 화낼 일도 없잖아!

저벅 저벅

헐

웬일이야.
대박이네.

나, 백과장이
아랫사람한테 사과
하는 거 입사 이래로
처음 본다.

본인은
태어나서 처음 하는
사과일지도.

그러게요,
신기하다.

형편없는 사과지만
은근 인간적인 면도
있네.

그래도
인신공격까진 안 가서
대리님이 받아주는
거지...

오늘 죽는 건
말리는 시늉이라도
해볼까.

대리님...

아, 그럼
루다씨.
괜찮으면...

매번 대화도
여기서 끊기지...

다음 말은
뭐였을까...

우웨에엑—

이 인간 토하는 건 도대체 몇 번이나 봐야 하는 거야.

이제 또 대리님은 물티슈를 사러 가겠지.

심드렁

괜찮아요? 안 묻었어요?

바이, 짜이찌엔, 사요나라, 안녕히 가세요, 대리님.

아, 다행이다. 나 휴지 있어요. 바닥 닦고 가죠.

네?

휴지요. 아까 루다씨 부서 사원분한테 받았어요. 그 자주색 가디건 입은...

자주색 가디건이라면 내 부사수 정화씨...

최 대리님이 울었을때 티슈 가져와서 옆에서 같이 달래줬지..

그러고보니 오늘은 최 대리님이 울지 않았어.

그래서 티슈가 남아 있는 거야.

그 티슈가 강 대리님한테 간 거고.. 여기까지 온 거구나.

탕비실에 휴지가 없어서 그런데 혹시 티슈 있어요?

아. 네. 이거 쓰세요.

과장님을 쳤던 트럭...

평소와는 다른 느낌!!

과장님 혼자 들어가실 수 있으시겠어요?

괜찮아, 안 취했어.

많이 취하신 것 같은데...

아무래도 백 과장님은 제가 끝까지 모시고 가야할 것 같아요.

아, 그리고 아까 하려던 말은...

언제 같이 만나서 밥 안 먹을래요?

기쁘긴
하지만 왜?!

왜 오늘은
달랐던 거지?!
어떻게 15일이
된 거야??!!

오늘은
뭐가 달랐길래...

아니,
이러고 있을 때가
아니지!!

강 대리님,
백 과장이랑 함께인데
무사하신 건가!
가다가 차사고라도
났으면...!

루다씨?

앗, 넵!!
강 대리님!!
무사히 잘
들어가셨어요?

죽어도 좋아 ♥
－
4화

15일!!

15일의 하늘!!

잠들면 14일일까봐 한숨도 못 잠.

15일의 사람들.

15일의 회사.

좋은 아침~
백 과장님 페북 봤어?
오 과장님 오늘도
고통 받고 계신다.

네?

15일의 백 과장 SNS!!

오상식(미생)과 나는 닮은 점이 많아 볼 때마다 놀라게 된다. 이런 입체적인 캐릭터라니... 그에게서 인생을 배운다... 세상이 미련하다 욕해도 조급해하지 말자... 타협하지 말자...

리더에게는 무거운 책임이 따른다. 리더는 언제나 좋은 사람으로 남아 있을 수만은 없다...

오상식 과장 아주 백 과장님 페르소나잖냐ㅋㅋ 현실은 마부장인데.

오상식 차장됐을 때 백과장 울었을 듯 ㅋㅋㅋ

하하~

과직

백 과장의 오그라드는 페북도 마냥 귀여울 뿐이다.

1

5

상사한테 삿대질한 미친 여자가 됐지만 그래도 그저 기쁠 뿐.

왜냐, 오늘은 15일이니까!

라라라라~

기분 좋은 일 있어요?

오늘 같이 밥 먹을래요?

사내식당 말고 밖에서.

왓, 케이크!

방금 살까말까 고민했던 건데.

같이 먹어요, 매번 올 때마다 먹고 싶었는데 혼자 사먹기엔 조금 부끄러워서

루다 씨 이용했어요. 미안해요.

귀여워~~

아, 공대 나오셨구나.

네, 지금 하는 일이랑 전공이 전혀 안 어울리죠? 저도 제가 이쪽으로 오게 될 줄은 몰랐는데.

첫 직장은 과학용품군 영업이었거든요.

사실 성격도 엄청 내성적이고 낯도 많이 가려서 영업하는 게 많이 힘들었어요.

오히려 지금 직장이 편한 것 같기도 해요.

전혀 그렇게 안 보이시는데... 말도 잘 하시고 상냥하시고...

아니에요, 엄청 노력했어요. 먹고 살기 위해 바뀌었다고 해야 하나...

루다 씨는요?

전 완전 문과. 문창과 나왔어요. 근데 학교가 생각했던 거랑 너무 달라서...

난데없이 국문과랑 합병되질 않나... 매일 영화 보면서 졸업 할 날만 기다렸어요.

아, 혹시 영화 좋아 하세요?

네! 좋아해요. 하루에 두 편씩 보는 날도 있고 그래요.

죽어도 좋아 ♥

아, 역시 재미없으실 것 같아요! 전기에 가까운 영화라서...

앗, 아니에요. 재밌을 것 같은데.

역시 딴 거 봐요, 딴 거. 요새 재밌는 영화 많던데...

으앙, 난 괜찮은데...

몰라도 아는 척이나 할걸.. 엄청 보고 싶어하는 눈치였는데.

또 봐요~

흠, 앨런 튜링...

베네딕트 컴버배치 나오는 영화네...

이거 정리
좀 해 줄래요?

...

네.

...?

무슨 일 있...

펑!!

돌아왔어!!

15일
오전 12:00....

두번째 타임리프가 시작됐다...

내가 죽인 거야?

아, 진짜 못 살아... 죽으란다고 진짜 죽냐...

아... 진정하자... 이루다...

괜찮아, 이제 대충 어떤 맥락인지 파악했어.

다시 회사로 가서 '죽어'라는 말만 안 하면 과장이 죽을 일 없어.

그리고 과장의 죽음만 막으면 다음 날이 밝는다.

긍정적으로 생각하자. 요령만 알면 엄청난 힘이야, 이건...

그야말로 무한의 시간을 사는 거잖아!! 흑역사 수정도 얼마든지 가능해!!

죽어도 좋아 ♥

5화

정말요?

네, 수학사도 좋아하고 좋아하는 배우들도 많이 나와서 개봉 전부터 엄청 기다렸던 영화였어요.

애니그마 해독한 2차대전 수학자죠? 저도 그 영화 보고 싶었는데!!

제가 예매할게요!

예스!

대성공이다!

오늘은 꽤 괜찮은 하루였어.

이제 돌아가서 과장님이 죽는 것만 막으면 돼.

나름대로의 규칙을 정했다. 과욕 부리지 말 것.

아, 그럼 밥은 제가 살게요! 고속터미널에서 볼까요?

빠직

죽어도 좋아 ♥

죽어도 좋아 ♥

이럴 줄 알았다. 저번이랑 똑같아.

과장의 죽음만 막아봤자 다른 방식으로 죽는다.

혹시 '죽어'라는 말이 원인이 아닌가?

죽으라는 말을 들으면 죽는 게 아니었나...

죽이고 싶다는 마음을 조절하지 못해서 그런 걸지도 몰라.

열심히 움직여서 과장을 저주할 마음의 여유를 없애버리자.

1 수지 열애 ↑10

내 노트북
어딨어?!?!

또 15일

과장님,
노트북이요.

내 노트북이
왜 거기서
나와?

공인인증서는
유에스비에
있으시죠?

오전 다 날리면서
수리 맡기고
같은 모델로 사왔다.

데이터 전부 옮기고...
HTS까지 깔고...
실검 못 보게 시작페이지까지
딴 걸로 교체...

두근두근...

이번에야말로...

두-둥!

돌연사!!

아닛...
과장의 상태가?!?!

아, 왜 또!!!

이승탈출 넘버원

새 노트북에서 나오는
환경호르몬과
과도한 전자파
노출로 인해
동맥경화증 가속이
일어나 사망에
이르게 된 것.

빡치게 말도 안되는
이유 붙이지 말고
그냥 이번 화 안에
살릴 맘 없다고 해라!!

I could not save my boss...

나는 과장을 저장... 아니 살리지 못했다.

안 돼!!!

이 개복치 같은 인간!!!

피에타
(1498~1499)

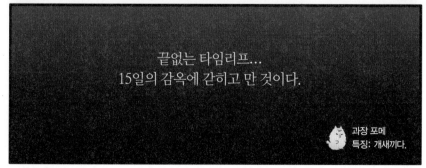

끝없는 타임리프...
15일의 감옥에 갇히고 만 것이다.

과장 포메
특징: 개새끼다.

죽어도 좋아 ♥

6화

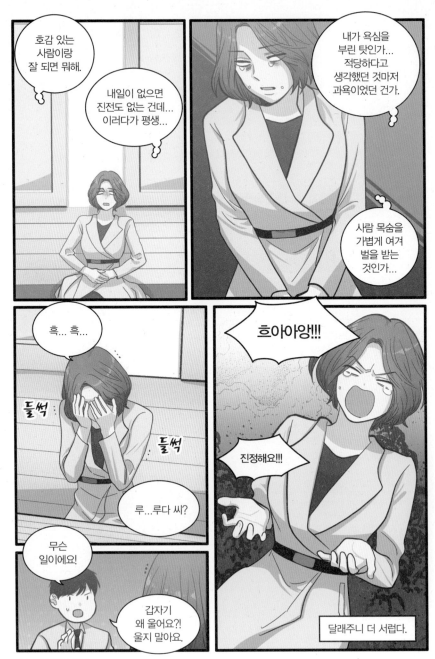

따뜻한 음료 시켜줄까요?

회사에서 혹시 나쁜 일 있었어요?

기분 안 좋은데 내가 괜히 눈치없이 끌고 온 건가 걱정돼요.

괜찮아요.

카페에서 자리잡고 앉자마자 죄송합니다.

대리님이라면...

대리님.

대리님은 혹시...

타임리프를 믿으시나요?

동공지진

됐어,
어차피 오늘도
리셋될걸.

으아앙, 역시
미친 여자처럼 보여!
말하지 말걸!

조금
이상하게 보여도
상관없어.

타임리프요?
시간이 반복되는 거
말하는 거예요?

네...

전 사실 지금
타임리프에 갇혀 있어요!!

죽어도 좋아 ♥

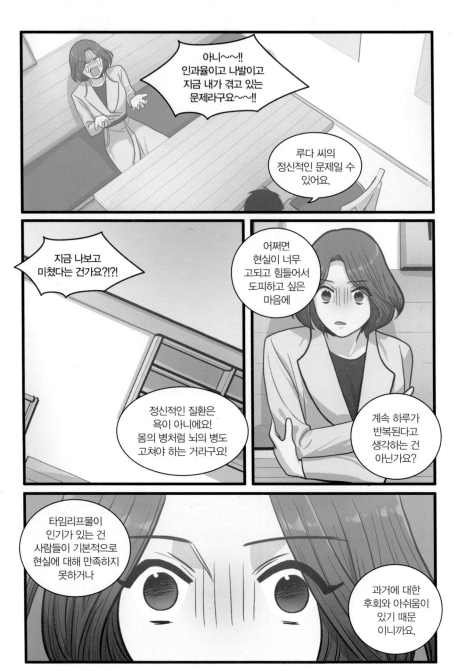

너무나 논리정연하여 설득당해 버림.

그래, 어쩐지...
애초에 타임리프라니
말도 안 되잖아.

과장을 죽이고픈
마음이 이런 환상을
만들어낸 거야.

반차를 내든지 해서
추천받은 정신과에
가보자...

지금이라도
늦지 않았어.
집 나간 현실감을
되찾는 거야.

이루다,
너 이녀석
우리 존재 화이팅!

그나저나 오늘은
일찍 들어와서 그런가,
아무도 없네...

다들 아직
점심 먹나봐.
식당에나
가 봐야지...

떡!

와아, 돈까스!

맛있겠다...

무슨 젓가락질을 그 따위로 해?

네?

아... 짧게 잡는 게 습관이 돼서...

나름 의식하는데 잘 안 고쳐 지네요.

의식만 한다고 될 일이야, 그게?

노력을 해야지, 노력을!

이거 잘 봐. 엄지 손가락은 집게 손가락 쪽에 대고.

약지 손가락으로 받치고 젓가락을 고정해야지!!

에휴, 점심시간도 짧은데 애 편하게 밥 좀 먹게 냅두지..

밥 먹는데 젓가락질이 그렇게 중요한가...

내가 보는 앞에서 고치고 가!

아... 네!!

앗!

미끌

아...잠시만요
휴지...

괜찮아요, 정화 씨.
편하게 밥 먹어요.
젓가락질 별로
안 이상해.

안 이상하긴!?!
초등학생도 아니고
못 배운 티가 팍팍
나는구만!

젓가락질부터
아주 난 지잡대
출신입니다.
하고 있어.

그러니까
사람들이 무시하는 거
아냐.

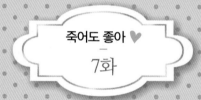

죽어도 좋아 ♥
–
7화

미친 거 아냐?!

사수인 나도 뭐라한 적 없는 정화 씬데!!

똑똑하고 일을 얼마나 야무지게 하는데요!!!

그니깨!

아니, 까놓고 우리가 언제 정화 씨 학벌 가지고 뭐라 한 적 있어? 평소엔 의식도 안 하는데... 과장님이야말로 정화 씨 대놓고 무시하잖아.

그러게 진작에 공부 좀 하지...

정화 씨 학교 알자마자 초면에 혀 차면서 ↑이딴 말 이나 하고...

정화 씨가 우리랑 사회, 정치 얘기하면

아이구, 그런 것도 알아?

정화 씨가 발끈해하는 것 같으면 속사포로 더 어려운 용어 써서 입 다물게 하고

전 사실 지금 타임리프에 갇혀 있어요!!

...은 말고☆

꺄악!

펑!

또 15일

또 봐요~.

퍽!

죄송합니다!!!

그린라이트

죽어도 좋아 ♥

8화

꿈이 아니야.

현실이었어.

DAY 1- 상사 삿대질.
DAY 2- 상사 입막음, 썸 깨짐.
DAY 3- "new" 지금 여기.

이대론 못 살아!
내 운명은
내가 통제한다.

내 운명의 주인은
나야!

무단결근

강 대리님이
물리적으로
타임리프는
불가능하다고
그랬지.

그럼 난
문창과답게 이게
신이 아닌 다른 누군가의
창작물이라고
생각을 해보자.

신이 만든 것은
인간이 그 존재 이유를
찾아야 하지만
인간이 만든 것은
인간이 그 존재 이유를
담을 수 있다!

모든 창작물은
그러한 의도의 표현이다.
작가가 이 상황을 통해
말하고자 하는 게
무엇일까!

아무리 그래도
작가가 생각이 있다면

일단 그동안의
경험으로 알게 된
규칙을 정리해
보자.

내가 3개 국어로
죽으라고 말했는데도
죽질 않은 걸 보면
하루가 제대로 해결되면
아무리 죽으라고 말해도
리프는 더이상 일어나지
않는 것 같다.

내가 죽였을 때
타임리프가
일어난 건

그 때
최 대리님과의
갈등이 해결되지
못해서겠지.

기슴 큰 주인공이랑
성격 나쁜 미중년이
타임리프로 고생하는 내용
보고 싶댕! 고료 나오면
곱창 사 먹으러 가야징!
뭐 이딴 생각으로
이 얘길 만들진 않았을 거
아니야!!!

15일엔
정화 씨 데리고
밖으로 도망칠 걸
그랬나.

상황이 한 번 세팅되면
그건 바뀌지 않는 것 같네.
마치 트럭에 치이는 과정을 살려도
간판에 맞아 죽은 것처럼.

| 젓가락을 없앰. | → | 젓가락을 만들어서 가져옴. |

도망쳤어도
지구 반대편까지
쫓아와서 훈장질을
했겠지.

아냐. 내가 그날
식당에 있는 젓가락을
모조리 없앴는데도
어디서 젓가락을 만들어
가져온 걸 보면
소용 없었을 거야.

오직
이 타임리프를
막을 수 있는 건
나의 직접적인
개입 뿐...

모든 타임리프엔 목적이 있다.

사랑하는 사람을 살리기 위해 타임리프.
사랑을 얻기 위해 타임리프.
지구를 지키기 위해 타임리프.

이 타임리프가
내게 원하는 건
뭐지?

결국 과장,
사람 좀 만들라
이건가?

저 인간을
교정하면서...
내 인생을
희생시켜 가며?

과장 곁에
평생 붙어서 살라
이건가?

132 죽어도 좋아 ♥

안 돼!
이대로 계속
휘둘리면서는
못 살아.

이 상황을
타개할 방법을
스스로 찾아낼
거야.

근본적인
문제를
건드려야 돼.

과장을
만나러 간다!

아직
살아 있다.

늦은 시간인데...
다행히 오늘은
회사에서 별 일
없었나 보군.

과장님!!

너 뭐야?!
오늘 말도 없이
결근하고.
직무태만이야,
아주!!

네네네,
죄송합니다.
근데 저랑 얘기 좀
하시죠.

만약 과장이
욕 먹을 일이
없다면...

착해진다면
내가 이렇게
미친 짓 하면서
과장을 막을 일도
없잖아?

끄응,
데려오긴 했는데
말문을 어떻게
열어야 할지...

과장님이 개 같이
사시는 바람에
제가 타임리프를
겪고 있습니다.

뒈지고
싶지 않으면
작작 좀 해,
미친놈아!

안 돼.

안 돼.

무슨
볼일이야?

아, 일단...
수습하자.

그 전날에
삿대질하고
대들었던 거.

그리고 식당에서
무례하게 입막은 거
죄송합니다.
사과드리고
싶었어요...

알긴 아는구만...
그래서?

그...
그렇긴 하지만
과장님도 종종 비난의
수위가 너무 셉니다.

업무와는 상관도 없는
인격모독 같은 건
삼가주시면 안 될까요.

인격모독?
내가 언제 그런 걸
했는데?

왜 없어요,
그때...

윽...
내가 다 막아서
막상 생각나는 게
없어.

아무튼
적절한 채찍질도
좋지만

과한 언사는
직원들 사기도
떨어뜨리고...
팀워크도...

니들이 애야?!
좋은 소리만 듣고
살 거면 사회 생활을
하질 말아야지!

조금만
힘들고 짜증나면
약한 소리에 엄살 부리고
이게 다 의지도 없고
나약해서 그래!

난 너희 나이 때
니들보다 더 어렵게
일했어!!!

벌써부터
죽이고 싶다...!!

16일 오전 12:00

하하, 내 이럴 줄... 말이 안 통하니 이길 자신이 없다.

퐁

하지만 이걸로 오늘 타임리프의 주인공은 나로군.

이렇게 된 이상 정공법을 쓴다... 극약처방!

아저씨, 앞에 보이는 검은색 케이세븐 따라가 주세요.

삑삑삑

퍽-!!!

죽어도 좋아 ♥
-
9화

쏴아아—

철썩—

철썩—

혼자
이런 곳에 오는 게
얼마만이지...

해안가라 그런지
바람이
유난히 세다.

철썩—!!

어억!!

뭐지..?

아, 드디어
깨어났다!

과장님!!
정신 드세요?!

?!?!

자정
다 되어가는데
안 깨어나시길래
죽여야 하나
걱정했잖아요!

2시간 전

훅... 후욱...
욕 나오게 무겁네,
젠장..

내가 전생에
무슨 죄를 지었길래
이 고생을...
허억... 훅...

차라리 내가...
허억...

포악한 왕자한테
멸망 당한 문명국 출신
포로가 되어 살아남는
만화 주인공을
하고 말지...
헉...허억...후욱...

하지만 아무리 힘들어도 모든 일의 원흉인 이 인간을 이대로 냅둘 순 없다.

믿든 안 믿든 이 현상을 입증하고, 협박을 하든 회유를 하든 해서 사고뭉치 과장을 통제해야 돼!

과장만 잘하면 이 타임리프가 반복될 일은 없으니까.

모든 것을 끝낼 수 있는 기회야.

뭐야, 이게!!

미쳤어?! 안 푸냐, 이거?!

진정 좀 하세요!! 과장님이 날뛸까봐 묶어둔 거니까!!

요새 네가
내 꿈에 나와서
날 괴롭혀.

얼마 전엔
네가 내 목을 조르는
꿈을 꿨어.

과장 역시

이
타임리프를
느끼고 있다!!!

너...

이 자식...

날 좋아하고 있는 거지!!

??????

뭐라구요?????

날 좋아하는 거잖아!!
너 같은 애들이
내 인생에서
한둘이었는지 알아?!
내 대답은 듣기도 전에
NO야!!!

아, 우리 과장님이 좋은 거 딱 하나 있어요.

뭔데?

문득 예전에 사원들이랑 밥 먹으러 갔을 때 최 대리님이 하셨던 말이 떠올랐다...

노답...
no answer...

손버릇 없는 거. 엉덩이 허벅지 만지는 거 같은 직접적인 추행이요.

아, 맞네, 맞아...

전 회사 인턴 있었을 때 거기 부장은 상습 성추행범이었거든요. 엉덩이 만지고는

내가 언제 그랬어, 격려차 툭 친 거지! 네가 만질 구석이나 있어 보이냐? 도끼병 환자야? 멀쩡한 사람 추행범 만드는 거 한 순간이네?

으으... 어쩜 그런 새끼들은 패턴이 똑같냐. 어디 학원 다니나...

죽어도 좋아 ♥
—
10화

그러려면 과장님의 도움이 필요합니다!

도와주세요!!

제 말....

믿으실 수... 있겠어요?

믿어... 믿고 말고...

믿고 맡기는 같은 팀 부하직원의 말을 믿지 않으면 누구 말을 믿겠어.

아, 됐어요! 안 믿는거 다 티나!!!

그러니 이거 풀고 전화 한 통만 쓰게 해줘.

경찰에 신고하려는 거 모를 줄 알아요?!

만약 내가 생각한 게 맞다면, 둘 중 하나겠지 뭐.

백문이 불여일견!

일단 말보단 과장님께 이 타임리프를 직접 겪게 해드리는 편이 나을 것 같습니다.

뭐...뭐 하려는 거야?!

과...과장님? 죽으신 거 맞죠?

근데 왜 시간이...

돌아가질 않...

퐁!!

16일 AM 12:00

진짜 살인자 된 줄 아랏네!!

아, 진짜 깜짝 놀랐잖아!! 장난하냐! 뭔 연출을 이 따위로 해!

퍽!

아무튼 됐다.

이걸로 다시 한 번 16일!!

나쁜 놈보다 무서운 건 자기가 옳다고 믿는 나쁜 놈이다.
과장은 그런 인간이었다. 과장에게 있어서 회사 여직원들은

성형중독

지잡대 출신

기센 여자

자기가 훈수를 둬서 마땅히 고쳐놔야 하는 '틀려 먹은' 인간들.

자신의 지적은 세상을 바꾸기 위해 꼭 필요한 것이며
사람들이 자길 싫어하는 건 그런 솔직함 때문이라고 생각하고 있었다.

루다는
기가 찼다.

죽이고 싶었지만
여기서 죽여봤자
아무것도
변하지 않는다는
생각에 감정을
눌러 담았다.

루다는 남들보다 일찍
사회생활을
시작한 편이었는데

이루다

↑ 전 직장 사원증

다년간의
사회생활로
인간관계에 대한
교훈을 얻은 게
있다면,

모든 사람에게
좋은 사람이
되려 하지 마라.

아무리 발버둥쳐도
이 세상엔 이유 없이
자기를 싫어하는
사람이 있고

또 반대로
이유 없이
자길 좋아해주는
사람도 있었다.

사람과 사람의 관계라는 게 그렇다.
누가 착하고 나쁘고 상관없이.
같은 사건에 다른 기억을 가지고
입장 차이가 생겨
분쟁이 일어나는 경우도
많았다.

안 맞는 사람과는
정말
어쩔 수가 없다.
마음 떠난
사람에게는
미련을
가지지 말 것.

안녕하세요.

하지만 그래서
더 최선을 다해
사람들을 대하려
노력했다.

돌려 말하고
조심스레 말하고.

자신의 밑바닥을
내비치지 않는 것.

과장님의
그 같잖은 진솔함이
아니구요!!!

솔직?

우리가 CEO나
대통령이었어도
당신이 솔직할 수
있었을까?

그냥
만만한 거다.

우리가
자기보다
어리고 약해서
아무것도 못하니까
솔직해질 수
있는 거야.

무례함을
솔직함이란 단어로
포장하고

자신의 비난에
정당성을 부여하면서
정신승리 하는 거겠지!!!

강대리님이 그랬었어.

전혀 그렇게
안 보이시는데...
말도 잘 하시고
상냥하시고...

아니에요,
엄청 노력했어요.
먹고 살기 위해
바뀌었다고
해야 하나...

살기 위해 바뀌었다고!!

바뀌지 않으면
계속 죽어요!!

살기 위해 좀
바뀌시라고요!!!

살기 위해

바뀌어라
!!!

죽어도 좋아 ♥

11화

악인은 어떻게
태어나는 것일까.

인간은
날 때부터 선한가,
아니면 악한가.

나는 '악의 꽃'
이론을 믿는다.

모두들 사람은
악의 씨앗을
품고 있는데,
주어진 환경에 따라

악의 꽃이 개화하기도 하고
그대로 사장되는 경우도
있다는 것이다.

어떤 환경이
갖춰지지 않아도

선천적으로
악의 꽃을 피울
준비가 되어 있는
괴물들이
있는 반면

평범한 사람도
물리적, 정신적 학대나 집단광기 등

지속적인
분노와 공포에
노출되면 악의 꽃을
피우기가 쉬워진다.

그런 사람들이 꽃을 피우지 못하게 환경을 조성하는 것.

그것이 사회의 의무이자 나아가야 할 방향이라고 생각한다.

왜냐, 인간에겐 가능성이라는 게 있으니까!

사람은 충분히 바뀔 수 있다!!

라고

이거 놔요!!!

생각했었다.

죽어도 좋아 ♥

휴우, 됐다 됐어. 가 봐...
내일까지 시간 줄 테니
제대로 끝내.

이...

이루다
주임.

이 미친...

로보토미.

전두엽
절제술요.

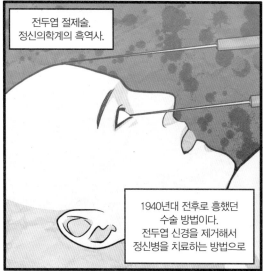

전두엽 절제술.
정신의학계의 흑역사.

1940년대 전후로 흥했던
수술 방법이다.
전두엽 신경을 제거해서
정신병을 치료하는 방법으로

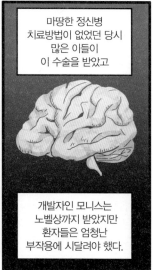

마땅한 정신병
치료방법이 없었던 당시
많은 이들이
이 수술을 받았고

개발자인 모니스는
노벨상까지 받았지만
환자들은 엄청난
부작용에 시달려야 했다.

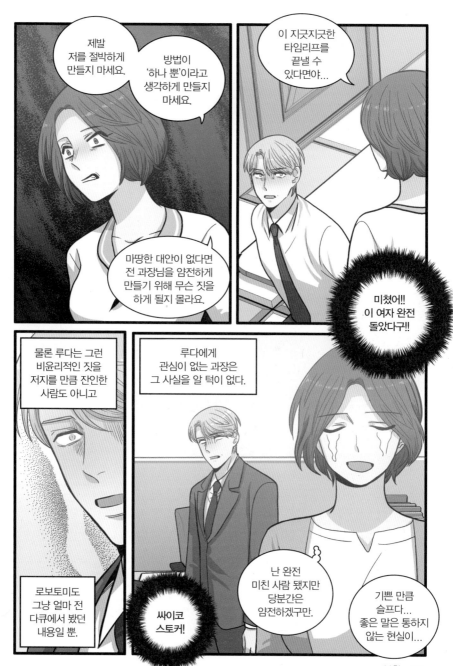

죽어도 좋아 ♥

12화

셀 수 없이 많은 사람들이 필요로 했습니다...☆

왜 백과장 같은 새끼는 지랑 일 안 하면 다 망할 거라고 생각하지?

그러게요.

백과장이랑 일 안 한 게 신의 한수였구만.

아... 진짜 남 얘기지만, 퇴사한다고 잘 되리라는 보장도 없지만,

이런 얘기 들으니까

더 퇴사하고 싶다~~

퇴사!

퇴사!

퇴사!

퇴사 퇴사 하고 노래를 부른다.

따따라따~~
와~ 회사 때려치우고
가수 해도 되겠어요~!
100점~!

그래도 당분간
과장 얌전할
테니까 뭐.

무난하게
자정이 넘어갔고
주말이 되었다.

좋은 주말~!

주말엔 꼭
강 대리님께
다시 연락...

네,
강 대리님.

저번에
밥 같이 먹자고
하셨잖아요.

그땐
그렇게 되었지만
연락처는 아직
있으니까.

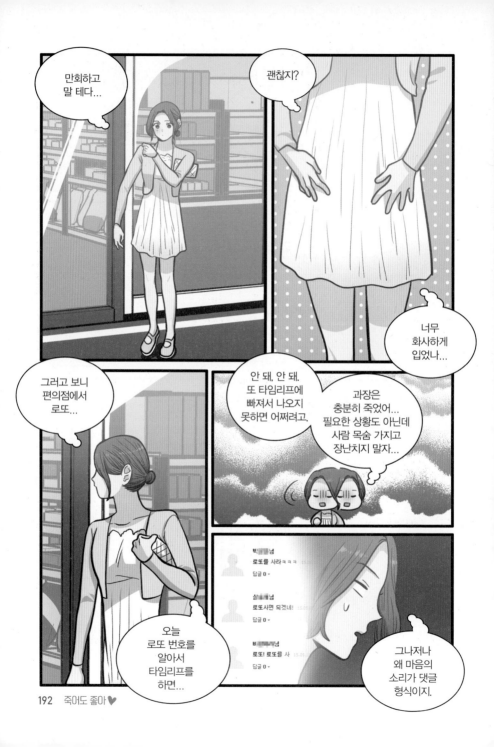

죽어도 좋아 ♥

욕심 부리면
안 돼.

루다 씨!

내가
누릴 수 있는
행복에

만족하자.

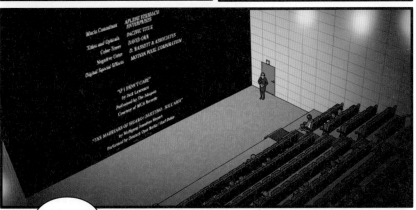

휴...
재밌었다.

배우들
연기도
잘 하고...

죽어도 좋아 ♥
─
13화

한편 백과장은 —

신고해도 소용이 없다.

내게 무슨 짓을 한 건지 영문 모를 악몽도 계속되고...

당분간은 신변 안전을 위해

적당히 비위를 맞춰주는 게 좋겠어.

조각조각 땃따따 부숴놓고 땃따따 맘에 들게 널 다시 조립할 거야.

← 백과장 눈에 비친 루다

그 여잔 날 통제하고 싶어하니까...

어째서 내게 이런 시련이! 내가 무슨 죄를 지었길래!!

↑ 정말 모른다.

좋은 아침이에요~. 주말 잘 지내셨어요?

어제 가족 외식 있어서 좀 짜게 먹었더니 팅팅 부었어.

이 주임은 좋아 보이는데 아주?

주말 잘 보냈나봐. 좋은 일 있었어?

헤헤.

주말 데이트가 대성공이었다 이겁니다.

죽어도 좋아 ♥

최 대리님은
과장님이 되새기지
않아도 충분히
자기 얼굴 의식하고
스트레스 받고
계시거든요?

콤플렉스를
왜 들추지 못해
안달이죠?
이해할 수가
없네!!

사람 많은 데서
그 따위로 말하면
누가 좋아해요,
진짜!

새파랗게
어린 게 어디
감히 어른한테
따박따박...

아, 뉘예~
그러셨구나.
가르치듯
대들어서 기분이
나쁘셨구나.

전 과장님이
하도 가르치는 걸
좋아하시길래
당하는 것도
좋아하시는 줄
알았죠~.

과장님은 저희들의
영혼의 지도자가 되고
싶어하시는 것 같은데
멘토는 도움을 구할 때
올바른 조언을 해주는
사람이구요.

필요도 없는데
조언이랍시고
무례한 오지랖 떠는 사람을
이 세상은 꼰대라고
부른답니다.

오늘 또
그런 식으로
해보세요.

어떻게 되나
봅시다.

Eyes on you

넘어간다, 넘어가~.

2015.04.20
오후 06:00

이 정도 시간이면 대충...

미리 만나서 경고하는 게 번거롭긴 하지만 엄청난 수확이다.

해냈다!!!

원천봉쇄하는 요령을 아니까 쉬워졌어!

과장님!

한 번 발생한 타임리프를 이렇게 단기간에 끝낸 건 처음이야!!

수고
많으셨어요.

앞으로도
이렇게만
부탁드릴게요.
아셨죠?

나쁜 말
안 하니

뭐...

얼마나
멋져 보여요.

뭐야...

미...
미친 여자
주제에...

죽어도 좋아 ♥
14화

죽어도 좋아 ♥

죽어도 좋아 🖤

저거...

과장님이랑...
주임님?

좋은
아침~

저...
주임님...

응?

혹시
과장님이랑
사귀시는
거예요?

푸읍

뭐...
뭔 소리야,
그게!!

아,
아니 어젯밤에
친구들이랑
산책하다...

과장님이랑
주임님이랑
같이 계시는 걸
봤거든요.

죽어도 좋아 ♥

15화

강 대리님 진짜 좋은 분 같더라구요.

저번에 강 대리님이 휴지 빌려가셨거든요?

근데 보통 휴지같은 소모품은 빌리고도 잊어버리잖아요?

말만 빌린다고 하고 그냥 쓰는 거지 뭐.

아니, 왜 우세요?

근데 다음 날 휴지를 사가지고 와서 돌려주시는 거예요.

그런 일이 있었어?

네, 그런 데서 세심함 같은 게 느껴지더라구요.

깜짝

요새 강대리랑 잘 돼가는 중이야?

오른쪽
옆을 보라고?

톡

헤헤,
속았지.

이거
마시면서 해.

이런 같잖은 수작도 귀여워 보일 수 있다니...♥

오늘 저녁에 별일 없으면 같이 밥 먹을래?

응응! 별일 없어! 같이 먹자.

왔어?

다른 사람들 들어올라. 빨리 가봐!

응~. 루다도 일 열심히 해.

후후... 분위기 타면 곧 사귈 수도 있겠는데...

물론

과장도 잘해야겠지만.

다들
퇴근합시다~.

퇴근 시간이
돼가는데
과장이 사고를
안 치다니.

오빠랑
밥먹을 수 있당.

매번 이렇게만
넘어가주면
천년만년 타임리프
하겠어.

누가
요새 전개만 보면
그냥 평범한 오피스물
인줄 알겠...

이 주임!

이거
쓸 줄 알아?

아... 이거
기프티콘인데...
그냥 매장 가서
쓰시면 돼요.

누가 쓰는
법을 모른대?

난 케이크
좋아하지도 않고
쓸 줄 알면 줄 테니까
네가 써!

이거 그냥
이 금액 맞춰서
다른 걸로도 교환
가능한데...

나야 주면 뭐 좋지만...

과장 왜 이리 착하게 굴지? 불안하게스리...

착하게 굴면 착하게 구는 대로 걱정되는 경지.

이게 뭐야?

케이크! 아까 회사에서 기프티콘 공짜로 얻었거든.

과장님이 필요없다고 주셨어.

내가 케이크 좋아하는 건 어떻게 알았어?

후후, 다 아는 수가 있지. 맛있게 먹어요.

고마워, 잘 먹을게.

흐으...

분위기가 업 돼서...
너무 마셨나.

밥만
먹을랬는데
과일소주가
맛있어서...

짜악

넘어질라...

조심해.

두근

오빠,
이제 들어가.
많이 늦었는데...

아냐, 긍정적으로 생각해 봐.

오히려 과장이 이렇게 얌전할 때 이러는 게 얼마나 다행이니.

생리통 엄청 심한 편인데.

타임리프 때문에 이게 계속 반복된다고 생각하면 고문이지...

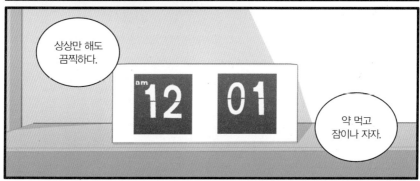

상상만 해도 끔찍하다.

약 먹고 잠이나 자자.

죽어도 좋아 ♥

16화

크헉!!

어쩌지...
너무 아파...

생리통에
죽어가고 있음.

이 주임,
괜찮아?

으으, 괜찮습니다.
딱 시작하기 전날만
이래요.

약 줄까?
진짜 매번
이렇게 심해서
어떻게 하냐...

감사합니다.
근데 아까도 하나
먹어서 소용없을 것
같아요.

으으...
타임리프 없어서
좀 편해지나 했더니
이게 웬
개고생이냐.

흐으...
오늘은 대꾸할 힘도
없다...

엉?

chocolate

이거 누가
놔뒀어?

저희
아닌데요?

혹시
강 대리님 아니에요?
아까 저한테 이 주임님
어디 아픈 거 아니냐고
물어보시더라구요.

그...
그런가?

나중에
고맙다고 해야겠네.

흐으...
당이 들어가니까
기분이 좀 괜찮아지네.
먹고 힘내야지.

오늘만
잘 넘기자.

점심 시간.

컥...!

과장님,
왜 그러세요?

컥... 컥...!!

목에 뭐
걸리셨어요?!

오늘은 왜...

팟!

12 01

뭐...뭐야아아!!!

말해봐요,
아무 짓
안 할 테니...
네?!

과장님,
오늘은 또
어디서 무슨 짓
하셨어요!

이거 안 놔?!
뭔 짓을 해!!
아무 짓도 안 했어!!

또 반복

ㅎ어어어

백 과장님 오늘 결근이시네. 천재지변이 일어나도 출근하시는 분이...

그러게요. 어디 아프신가?

과장님이 없으니 밖에 나와 밥먹는 것도 맘 편하네요.

맞아, 밖에서 먹으면 요즘 여자들 낭비벽 심하다고 어쩌구...

과장님, 제발 오늘만 결근해주시면 안 될까요.

협박함.

뉴스속보 입니다.

운송차량을 탈출한 시베리아 호랑이의 행적이 묘연해져 도심 속 시민들이 공포에 떨고 있습니다.

팟!

제발 탈출한 호랑이가 어쩌다 과장 집 근처로 가서 마침 산책 중이던 과장이 호랑이한테 물려 죽었다고는 하지 마라!!!

죽어도 좋아 ♥
―
17화

아침에 본 기사 댓글이 이번 타임리프 죽음의 원인!!!

겨우 타임리프를 제압하는 방법을 찾은 줄 알았더니

난이도가 올라갔어!

아니 그렇게 따지면 친구들끼리 치는

아~ 뒤진다, 니.

꺄르르

이런 장난으로도 죽을 수 있다는 얘기잖아!

이게 뭐야!!

이렇게 되면 백과장이 뭘 보는지 뭘 듣는지 뭘 하는지 하나하나 신경써야 한다고!!

나 보고 평생

과장을 따라다니면서 수발을 들란 말인가?!

타임리프가
바뀌면서

백 과장이
기억할 수 있는
범위도 늘어났다.

그동안 자신의 죽음만
듬성듬성 기억했는데

하루 전체를
기억해냈다.

그 말인즉슨 타임리프를
이해 받기는 쉬워졌지만

이젠 백과장을
차마 막 대할 수가 없다는 것...

과장 갱생이
이유가 아니라면

이 타임리프가
원하는 건 뭘까?

서...설마...

러브...

라인?

과장 곁에서
평생 붙어
있으라는 건

결국
같이 살 수밖에
없다는 건데
결혼이라도 하라는
거야?

찡긋!

엄지 척!

은 개뿔... 회사일이 바빠지면서

아무도 과장의 미묘한 변화를 알아채지 못했다.

인간을 바꾼다는 것 자체가 기만이었던 걸까.

내가 계몽사상에 지나치게 심취해 있었던 걸까...

자아반성 타임

야, 이 주임!

나랑 얘기 좀 해.

이제부터 어쩔 셈이야!

하루가 통째로 반복된다고! 꿈 속에서 계속 죽기나 하고!!

네가 하란 대로 다 했는데 점점 더 심각해지잖아!

꿈이 아니라 타임리프라니까요.

저도 당황스러운 건 마찬가지예요!

그냥 과장님이 욕 안 먹게 만드는 게 다인줄 알았는데 이런 변수가 생길 줄은...

그래? 그럼 이제 내멋대로 살아도 되겠군.

안 돼욧!! 일부러 죽을 이유를 더 만들 필요는 없잖아요!!

조심하면 더 죽을 일 없을 거예요!

제발 앞으로도 얌전하게 지내주심 안 될까요.

같이 가자구요, 제발...

백과장...

이 거지 같은 새퀴...!!!

강 대리님, 지금 담배 피우러 갈 건데 같이 가실래요?

아, 전 괜찮아요. 머리가 좀 멍해서 옥상에 좀...

저벅

저벅

응?

루다 목소리?

루...

죽어도 좋아 ♥
–
18화

저는 대리님이 좋아요.

아직 제대로 된 고백은 없었지만 전 우리 관계가 잘 되어가고 있다고 생각했고

그래서 더 가까워지고 싶은 마음에 오빠라고 부르기로 했어요.

그런데 갑자기 이런 말을 들으니까 당황스럽네요.

그동안 서로 느꼈던 호감들은 전부 다 제 착각이었는지.

혹시 내가 잘못한 게 있거나 오해할 만한 게 있으면 풀고 사과할 테니 말해주세요.

아니...

퍽!

까악!!!

무슨 일이에요?!

저... 저기 선로에...!!

술 취한 아저씨가 떨어진 것 같아요!!

으으...

빠졌을 때 옆에
피신로가 있다는데
아저씨가 많이
취해서...

빨리
역무원을...

꺅! 오빠!!

없음

갑자기 내려가면
어떻게 해요!!!

괜찮아!!

아직 지하철 안 왜!!

저 학생 혼자는 아저씨를 올릴 수가 없으니까 내가 밑에서 들어야지.

난 괜찮으니까 루다는 역무원한테 가서

비상버튼 좀 눌러 달라고 해줘!!

하나 둘 셋 하면 잡아 올려주세요! 하나 둘...

어떻게 해! 어쩜 좋아!!

과장님한테 부탁해서 시간이라도 돌려야 하나...

과장님, 제발 한 번만 자살해주시면 안 될까요♥

죽어도 좋아 ♥

19화

세상에, 거기서 뛰어내려요? 심장 멎는 줄 알았네...

나 말고 달리 아저씨를 들 만큼 건장한 사람이 없었잖아.

그래도 그렇지, 겁도 없어요?

걱정했어? 괜찮아, TV에서 대처법 같은 거 많이 봐서 알고 있었어.

좀 떨리긴 했지만...

난 루다 만날 때가 더 떨리더라...

오징어가 된 여주인공

오글

오글

크윽... 강 대리님! 오글거리는데 멋있어.

얘기하는 사이에 차도 끊겼네...

택시 잡아줄게, 가자.

이대로 헤어지는 건 싫은데...

어쩌지... 뭐라고 하지... 잡아둘 만한 구실 없을까...

라면 먹고 갈래? 아냐, 너무 유행어에 의존하는 느낌...

좀 더 신선한 거... 시선을 확 끌 만한...!

우리집에서 톰얌쿵 먹고 갈래요?

해...해냈다.
얼추 비슷하게
만들어냈어!

우와아,
이게 톰얌쿵이야?
나 처음 먹어봐.

나 국 요린
자신 없어서...

아냐,
그거 톰얌쿵
아냐...

죄책감

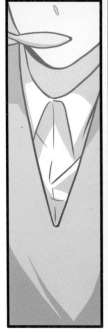

맛있다.
루다가 만들어서
그런가?

신기하네,
약간 라면맛이랑
비슷한 것도
같고?

우아아앙,
강 대리님은
바보천사...!!

라면스프 넣고
끓였으니까 그렇지...

있잖아.
오늘 사고 때문에
끊겼던 말 이어서
하는 건데...

정말로
나랑 잘 되고 싶다고
용기내서 말해줘서
고마워.

내가
너무 확신이
없어서 바보같이
굴었나봐.

나 사실
옥상에서 너랑
백 과장님이 껴안고
있는 걸 봤어.

푸웃

아니!!
백허그가 아니라!!
과장님 못 가시게
뒤에서 잡은 거!!

아, 그래?

난 또 루다는 백 과장님이랑 잘 되고 있는데 나 혼자 착각하고 있었던 건가 했어.

어?

나 혼자 널 좋아하는 줄 알고.

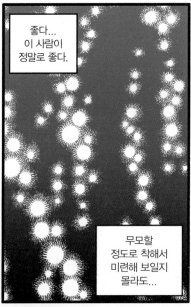

좋다...
이 사람이
정말로 좋다.

무모할
정도로 착해서
미련해 보일지
몰라도...

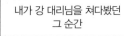

내가 강 대리님을 쳐다봤던
그 순간

강 대리님은
충분히 거기서
다른 선택을
할 수도
있었는데

강 대리님은 그러지 않았어.
내 곁에 없었다.

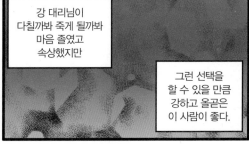

강 대리님이
다칠까봐 죽게 될까봐
마음 졸였고
속상했지만

그런 선택을
할 수 있을 만큼
강하고 올곧은
이 사람이 좋다.

확신할 수 있어.
이 사람은
좋은 사람이야.

그리고 난
이 좋은 사람을
사랑하게 되었어.

뭐라고
해야 하나...

좋은 사람이
마냥 좋은 건
아니더라구.

특히 강 대리는
개인적으로
콤플렉스가
있는 건지

과하게
도덕적으로
행동하려는 경향이
있는 사람이라서
...

지나친 도덕적
잣대 때문에 착한 사람과
사귀면 피곤하다,
뭐 이런 문제인가요.

좋은 사람이 정작 사랑하는 사람한테는 좋은 사람이 되지 못하는 경우가 많달까...

아냐. 착한 건 좋지. 요즘 같은 세상에 사람이 착한 걸 뭐라고 할 수는 없는 노릇이니까.

근데 착한 사람들 중엔 자기 희생도 강한 사람이 많다보니 그런 사람들을 좋아하게 되면 가슴 아픈 일이 많이 생기거든.

그래서 내가 백 과장님이랑 사귀는 줄 알고 날 포기하려고 했어요?

응. 임자 있는 사람을 건드릴 순 없잖아.

내가 그렇게 오빠 좋아하는 티를 냈는데 화도 안 냈어요?

나 혼자 착각한 걸 수 있으니까.

난 사람 눈치 같은 거 잘 읽는 편이 아니거든...

또...또 그런 소릴 하네. 오빠만큼 착하고 좋은 사람이 어딨어요.

... 아닌데...

나 마냥...

좋은 사람은 아닌데...

죽어도 좋아 ♥
20화

진정해요. 과장님...

캬악-!

랩터 과장

진정...

유 부장은 유능하고 인망 좋은 사람이라 할 게 인신공격 밖에 없다.

유 부장, 배 나오고 못생긴 게!!

저 뱃살 처지는 거 나잇살 같지? 사실 게으른 거야! 자기관리를 못하는 거지!

내가 왜 여기까지 와서 뒷담화 상대를 해줘야 하는 거지.

누구는 승진하기가 싫어서...

아, 그리고 과장님.

제가 생각을 좀 해봤는데

과장님은 지금 앞뒤 상관없이 '죽어'라는 말만 들으면 죽게 되잖아요.

하루 반복

죄송합니다. 조심할게요.

지금 과장님은 홀롤로라는 말을 들으면 후냥냥 되는데

제가 이런 일을 아예 없애진 못하지만

사태 파악을 빨리 해서 하루 안에 멈출 수 있도록 해 볼게요.

과장님이 신경쓰실 일 없도록.

대신 과장님은 과장님대로 과하게 화내시거나 과격하고 무례한 언사 하지 않도록 조심해 주시면 서로 윈윈일 것 같아요.

이 타임리프가
끝날 때까지만
잘 부탁드려요.

들어가.

네, 과장님도
잘 들어가세요.

백 과장도
회사에서
쌓이는 게 많구나.

누군들
회사생활이
안 힘들겠냐만은
...

그렇다고
다른 사람들
괴롭힌 게 정당화
되는 건 아니지...

이주임에게

여지...
여지를 준다...

내가 걔를
좋아하는 게
아니라

걔가 날
좋아할 수 있도록
허락해주는 정도인
거지.

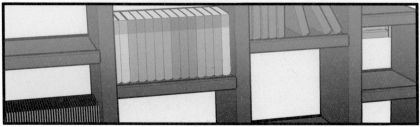

※ 루다가 실제로 이런 언행을 한것은 아니지만 백 과장의 눈과 귀에는 이렇게 들어왔다.

루다는 모르고 있었다.

타임리프를 멈추고자 본인이 지금 한 행동들이 나중에 어떤 결과를 초래하는지...

자신이 빛을 향해 달려가고 있는 게 아니라

빛을 등지고 달려가고 있다는 사실을 그녀가 알 리 없었다.

그리고 1권이 이번 화로 끝났다는 사실도...

9. 늘어나는 청년실업.

착한 남자
포지션을
빼앗겨서
갈 곳 잃음.

타임리프가
생기지 않아
웹툰 진행이
불가능해쳐서
갈 곳 잃음.

10. 무너지는 경제... 가정... 사회...

꺄악!!

꺄아악!!

크윽,
백 과장의
못됨이 이렇게
사회의 중요한
축을 담당하고
있었다니!

아니야...
아니야...

세계평화를 위해
한층 더 악랄해질
백 과장은 2권에서
만나보아요!

끝♥